SUCCESSION MONTVALLAT

Deuxième Vente après Décès

BOISERIES ANCIENNES

Meubles de la Renaissance

LOUIS XIV, RÉGENCE, LOUIS XV ET LOUIS XVI

Sculptures XVIe et XVIIIe siècles

BRONZES — TABLEAUX

TAPISSERIES — ÉTOFFES

Me F. LAIR-DUBREUIL
Commissaire-Priseur
6, RUE DE HANOVRE, 6

M. ARTHUR BLOCHE
Expert près la Cour d'Appel
28, RUE DE CHATEAUDUN, 28

PARIS, IMPRIMERIE MÉNARD ET CHAUFOUR

C. CHAUFOUR, Successeur

8-10, Rue Milton

CATALOGUE

DES

BOISERIES ANCIENNES

Panneaux, Trumeaux, Cadres

Frises, Dessus de portes, Bois de sièges, Portes, Encadrements

MEUBLES de la RENAISSANCE

Louis XIV, Régence, Louis XV et Louis XVI

SCULPTURES DES XVIᵉ & XVIIIᵉ SIÈCLES

Bas-reliefs, Groupes décoratifs, Bustes

ANCIENNES CHEMINÉES EN MARBRE

BRONZES — TABLEAUX

Dessus de sièges en tapisserie et Étoffes anciennes

DONT LA VENTE AURA LIEU

Par suite du décès de M. Montvallat

HOTEL DROUOT, SALLE Nᵒ 1

Les Lundi 20 et Mardi 21 Avril 1903, à 2 heures 1/4

Mᵉ F. LAIR-DUBREUIL *Commissaire-Priseur* 6 — RUE DE HANOVRE — 6	**M. ARTHUR BLOCHE** *Expert près la Cour d'Appel* 28 — RUE DE CHATEAUDUN — 28

CHEZ LESQUELS SE TROUVE LE PRÉSENT CATALOGUE

EXPOSITION PUBLIQUE

Le Dimanche 19 Avril 1903, de 2 heures à 5 heures 1/2

CONDITIONS DE LA VENTE

La vente sera faite au comptant.

Les acquéreurs paieront *dix pour cent* en sus des prix d'adjudication.

L.'Exposition mettant le public à même de se rendre compte de l'état des objets, aucune réclamation ne sera admise une fois l'adjudication prononcée

Paris. — Imp. C. Chaufour, 8-10, rue Milton.

DÉSIGNATION

BOISERIES

1 — Boiserie de salon en bois sculpté rechampi de gris dessin à moulures, coquilles, volutes et écoinçons feuillagés, ornés de peintures à guirlandes et arbustes fleuris, époque Louis XV. Elle se compose de huit grands panneaux. de parcloses sur soubassement, de deux double volets de fenêtres, une porte à deux vantaux avec chambranle et de deux trumeaux de glace avec bordure à petits godrons.

2 — Partie de boiserie de salon de l'époque Louis XIV à décor de Bérain, offrant au centre des nymphes. fleurs et volatiles sur fond or, au milieu d'un quadrillé et rosaces en or sur fond blanc. composée de deux grands panneaux. deux soubassements et deux parcloses.

3 — Deux petits panneaux en bois sculpté à écusson au milieu de branches de lauriers, offrant au centre une couronne de rose. avec glands en pendentifs. Époque Louis XVI.

4 — Cadre Renaissance en bois sculpté et doré montants à cariatides de personnages, coquilles et chimères, fronton aux armes de Charles Quint.

5 — Cadre Renaissance en noyer sculpté, montants à masques sur volutes, fronton à tête de chérubin.

6 — Panneaux en bois sculpté, offrant au centre un cartouche, entourage à fruits et feuilles d'acanthe, les côtés à consoles, têtes de chimères et chutes de fruits. Epoque Louis XIV.

7 — Devant de coffre Renaissance en chêne sculpté, à cariatides et volutes feuillagées par compartiments.

8-9 — Sept panneaux en bois sculpté à rinceaux volutes, cartouches et personnages, des xvie et xviie siècles.

10 — Quatre panneaux en noyer sculpté dans la masse, peints et dorés, représentant des cariatides Renommées, tenant des étendards armoriés, des palmes et attributs, datés 1661.

11 — Frise époque Louis XIII en bois sculpté dans la masse à rosace par compartiments.

12 — Montants en bois sculpté à volutes feuillages et fleuronnées, surmonté d'une tête d'ange. Epoque Louis XIII.

13 — Panneau de devant de coffre en bois sculpté, à serviettes par compartiments.

14 — Deux frises en bois sculpté et doré sur fond à marbrures rouge, à rosace, au milieu de volutes feuillagées. Epoque Louis XIV.

15 — Frise en bois sculpté, à rosace au milieu de médaillons octogones, entourage à rais de cœur. Epoque Louis XV.

16 — Frise en bois sculpté et doré sur fond blanc à guirlande et grappes de raisins au milieu de fleurs et épis de blé. Epoque Louis XVI.

17 — Trumeau d'entre-deux en bois sculpté et doré sur fond blanc motifs à culots feuillagés, le haut cintré à écoinçons feuillagés et fleuris soubassement à panneau blanc.

18 — Deux petits panneaux ornés de peinture, à cornes d'abondance et cariatides de faunes, sur fond d'or. Epoque Renaissance.

19 — Deux montants en bois sculpté. Epoque Louis XIV.

20 — Deux montants en bois sculpté, à coquilles et volutes feuillagées. Epoque Louis XIV.

21 — Dessus de porte en bois sculpté à guirlande de fleurs et rubans. Epoque Louis XVI.

22 — Dessus de porte en bois sculpté offrant un médaillon au milieu d'ornements à coquilles, fleurs et feuillages, moulures enrubannées et écoinçons coquillés. Epoque Louis XIV.

23 — Dessus de trumeau en bois sculpté rehaussé de gris dessin à perles et sphère entourée de feuilles de laurier, écoinçons à rosaces. Epoque Louis XVI.

24 — Encadrement de dessus·de porte Louis XIV, fronton à cartouche, écoinçons à volutes.

25 — Quatre panneaux en forme d'écusson offrant des corbeilles fleu-
ries. Epoque Louis XVI.

26 — Panneau en bois très finement sculpté représentant une femme
symbolisant l'Agriculture dans un beau paysage. Epoque de la Renaissance.

27 — Dessus de porte en bois sculpté à attributs de musique au milieu
de rinceaux xviiie siècle.

28 — Panneau peint représentant le Renard et les Raisins.

29 — Six panneaux en bois sculpté offrant des couronnes et des guirlandes de lauriers. Epoque Louis XVI.

30 — Panneau en bois sculpté, dessin à moulure, rocailles et volutes,
fronton à médaillon ailé avec soubassement. Epoque de la Régence.

31 — Grand encadrement de baie en bois sculpté à faisceaux entourés
de feuilles d'acanthe. Epoque Louis XVI.

32 — Trumeau d'entre-deux en bois sculpté, le haut à attributs
de musique. Epoque Louis XV.

33 — Deux montant en bois finement sculpté, décor à grappes de
raisin et feuillages entourés de feuilles de lauriers. Epoque fin
Louis XVI.

34 — Deux encadrements de dessus de portes en bois et pâte dorés.

[35 — Deux dessus de portes offrant au centre deux amours près d'un autel où s'ébattent deux colombes et deux enfants près d'un vase, cadres en bois sculpté de l'époque Louis XV.

36 — Dessus de portes en bois sculpté, dessin à attributs champêtres, encadrements à moulures mouvementées. Epoque Louis XVI.

37 — Quatre figures d'appliques en bois sculpté représentant des enfants.

38 — Deux frises en bois sculpté à feuillages et consoles. Epoque Louis XIII.

39 — Porte de meuble en bois sculpté à palmes, avec sa serrure. Epoque Louis XIII.

40 — Panneau d'entredeux en bois sculpté, le haut à rosace, coquilles et palmes, encadrement à moulures et rubans. Epoque Louis XIV.

41 — Deux grands panneaux en bois sculpté, dessin à rosaces et quadrillés. Epoque Louis XIV.

42 — Quatre encadrements de dessus de portes Louis XIV en bois sculpté à rehauts d'or, écoinçons à volutes.

43 — Deux grands trumeaux de glace en bois sculpté à godrons et rais de cœur, écoinçons feuillagés, fronton à postes. Epoque Louis XVI.

44 — Vantail de porte en bois sculpté à rosaces et écoinçons feuillagés et coquillés. Epoque Louis XIV.

45 — Vantail de porte orné de frises à feuilles de laurier enrubannées.
Epoque Louis XVI.

46 — Deux panneaux en chêne sculpté à moulures, le haut à rocailles,
feuillages et coquilles. Epoque Louis XV.

47 — Cadre de glace en bois finement sculpté à guirlandes de fleurs
de lilas enrubannées. Epoque Louis XVI.

48 — Quatre frontons en bois sculpté à rocailles et volutes feuillagées.
Epoque Louis XV.

49 — Frise en bois sculpté et doré, sur fond blanc, dessin aux grif-
fons ailés. Epoque fin Louis XVI.

50 — Panneau de boiserie avec son soubassement le haut à rosace,
écoinçons feuillagés. Epoque Louis XIV.

51 — Deux panneaux en chêne sculpté le haut à écussons, moulures
et écoinçons. Epoque Louis XIV.

52 — Trois dessus de portes en bois sculpté offrant en relief des attributs aux Sciences, encadrés de moulures, de perles et de rais de
cœur, sur frise à postes. Epoque Louis XVI.

53 — Deux encadrements analogues.

54 — Grand cadre en bois sculpté à rocailles et volutes. Epoque Louis XV.

55 — Deux portes d'armoire en bois sculpté. Epoque Louis XV.

56 — Cintre en bois sculpté à feuilles de chêne. Epoque Louis XVI.

57 — Deux frises en bois sculpté et doré à branchages fleuris sur fond écaillé. Epoque Louis XIV.

58 — Cintre en bois sculpté et doré, moulures et écoinçons feuillagés. Epoque Louis XIV.

59 — Dessus de porte en bois sculpté à couronne et guirlande de laurier. Epoque Louis XV.

60 — Grand encadrement de dessus de porte en bois sculpté à godrons, fronton à coquilles et guirlandes de fleurs. Epoque Louis XIV.

61-64 — Lot de panneaux, écoinçons et ornements en noyer sculpté, Style Régence.

65 — Trois panneaux de soubassement encadrement à feuillages, croix de Lorraine et colombes. Epoque Louis XVI.

66-68 — Six parcloses en bois sculpté à coquilles ornementées. Epoque Régence et Louis XIV.

69 — Lot de moulures en bois sculpté peint vert sur dorure. Epoque Louis XIV. Environ 40 mètres.

70 — Lot de neuf baguettes d'encadrement en bois sculpté et doré. Epoque Louis XV. Environ 12 mètres.

71-72 — Lot de chambranles en bois sculpté. Epoque Louis XVI.

73-100 — Suite de trente panneaux contenant des motifs en bois sculpté de diverses époques.

101 — Belle boiserie du temps de Louis XVI, en bois richement sculpté et peint en blanc, provenant d'un ancien Hôtel à Angers.

Composée de :

Un grand trumeau-glace de cheminée avec cadre orné d'oves, fronton à console et guirlandes de fleurs, dessus formé de lyre accompagnée de branches d'olivier et de guirlandes.

Deux glaces-trumeaux entre-deux de fenêtres avec cadres ornés d'oves, fronton à cartouches enguirlandés de fleurs.

Quatre grands panneaux ornés aux centres d'attributs : « champêtres. jardinages, guerriers et chasses » traverses hauts à cartouches enguirlandés de fleurs et surmontés de frises ornées de couronnes et palmes.

Deux panneaux ornés de rosaces dans couronnes de fleurs accompagnées de branches d'olivier et chûtes de fleurs, hauts à guirlandes avec frises ornées de palmes.

Quatre grandes et riches parcloses ornées de consoles enguirlandées de fleurs supportant des vases avec bouquets, surmontées de frises ornées de palmes.

Quatre parcloses plus petites, même décoration que précéden-
tes.

Deux parcloses à couronnes et branches d'olivier.

Grand dessus de porte orné de vase et guirlandes de fleurs.

102 — Partie de boiserie du temps de Louis XV, en bois sculpté peint
en gris et rehaussé de décor bleu, composé d'encadrements de
baies avec parties en perspective

(Provenant de l'ancien Café PROCOPE.)

103 — Cinq grands pilastres cannelés avec leurs chapiteaux et bases ;
bois sculpté peint et doré.

104 — Sept dessus de portes en bois, époque Louis XVI, panneaux
bois peint et parties dorées, dont deux avec cadres ornées de feuilles.

105 — Deux draperies en bois sculpté et peints.

106 — Frise en bois scupté époque Louis XVI, ornée de grands rinceaux avec nid d'oiseaux formant motif de milieu.

107 — Trumeau de glace époque Louis XV cadres mouvementés richement sculptés, dessus avec peinture et accompagné de ses parcloses
également ornées.

108 — Grand et bel encadrement d'alcove de l'époque de DELAFOSSE,
composé de traverse mouvementée ornée de motifs, supportée par
des pilastres ornés de paniers fleuris, bois très finement sculpté et
peint gris.

109 — Boiserie d'ancienne chapelle de château du temps de Louis XV, en chêne naturel richement sculpté et composé de :

Onze panneaux à attributs religieux,

Un panneau incomplet,

Un dessus de porte orné de palmes.

110 — Panneau époque Louis XV, à grands motifs hauts et bas richement ornés.

111 — Lot de quatre fragments de panneaux traverses ornées de motifs.

112 — Partie de boiserie d'époque transition en bois sculpté et peint, composé de :

Quatre panneaux traverses ornées de motifs,

Un panneau plus petit semblable au précédent,

Trois parcloses traverses ornées de motifs à coquilles.

113 — Très belle porte d'époque Louis XVI à deux vantaux ornés sur les deux parements de cadres richement sculptés, avec son chambranle également sculpté.

114 — Panneau époque Louis XVI, à moulures ornées, surmonté de frise à rinceaux très finement sculptée.

115 — Panneau époque Louis XVI orné au centre de branches de lauriers accompagnant une auréole.

116 — Petit trumeau de glace époque Louis XVI composé de frise à guirlandes et chutes de fleurs et surmonté de médaillons avec chiffre.

117 — Grand panneau époque Louis XIV, traverses ornées de motifs et volutes, monté sur son soubassement mouluré.

118 — Deux portes à deux vantaux époque Louis XVI composées de frises centrales ornées de postes et surmontées de leurs cadres-de dessus de portes de forme cintrée.

119 — Quatre façades de niches, époque Louis XVI de forme cintrée, encadrements moulures surmontés de frontons à consoles sculptées.

120 — Partie de boiserie époque Louis XVI composée de quatre panneaux, dix parcloses et trois fragments, le tout orné de perles et rubans.

121 — Panneau orné de motif à palmette.

122 — Deux panneaux, époque Louis XV à traverses mouvementées et ornées.

123 — Fragments de panneaux, quatre morceaux.

124 — Deux portes époque Louis XV avec leurs chambranles et surmontées de leurs dessus de portes ornés d'attributs en bois sculpté.

125 — Fragment époque Louis XIII montant avec cartouche.

126 — Culots finement sculptés, provenant de cannelures de pilastres époque Louis XVI.

127 — Ancienne niche d'autel époque Louis XIII avec colonnes surmontées de chapiteaux sculptés.

128 — Porte d'ancienne armoire.

129 — Deux parties d'encadrement, moulures ornées.

130 — Parclose ou petit panneau d'époque transition ornée de motifs.

131 — Lot de parties de fûts de colonnes, cannelures ornées de culots finement sculptés.

132 — Deux soubassements époque Louis XVI ornés de guirlandes de fleurs.

133 — Lot de chapiteaux en bois sculpté et doré d'époque Louis XIV, ordre corinthien.

134 — Encadrement de niche ornements sculptés et décorés en couleur. Ecole italienne.

135 — Six fragments hauts de panneaux à motifs ornés époque Louis XV.

136 — Dessus de trumeau époque Louis XVI composé de médaillon accompagné de guirlandes.

137 — Neuf parties cintrées ornées de guirlandes en bois sculpté. Époque Louis XVI.

138 — Grand soubassement époque gothique en noyer sculpté, composé de six panneaux à serviettes.

139 — Porte d'époque gothique en bois sculpté composée de huit panneaux à serviettes.

140 — Porte gothique composée de quatre panneaux à serviettes.

141 — Imposte de porte époque Louis XVI orné aux angles de rosaces sculptées.

142 — Encadrement de soubassement à moulure ornée d'imitation d'osier.

143 — Façade de placard composée de deux portes moulurées.

144 — Fragment haut de panneau époque Louis XIV.

145 — Deux colonnes de l'époque du Directoire en bois sculpté ornées de branches de lauriers.

146 — Six vantaux de portes époque Louis XVI formés de moulures à grands cadres, panneaux à tables saillantes ornées aux angles de rosaces sculptées.

147 — Porte de placard à deux vantaux époque Louis XVI, moulures ornées de rubans.

148 — Fragment bas de panneau époque Louis XIV traverse ornée de coquille.

149 — Panneau époque Louis XVI orné de rinceaux dorés sur fond peint blanc.

150 — Panneau époque Louis XV, traverse cintrée ornée d'écôinçons sculptés.

151 — Parquet surmonté de traverse ornée de coquilles, époque Louis XIV.

152 — Fragment haut de panneau époque Louis XV.

153 — Parclose époque Louis XVI motif haut à chute de lauriers.

154 — Deux parties encadrements de placards.

155 — Partie de boiserie époque Louis XVI composée de cinq parcloses et deux ébrasements à moulures ornées de raies de cœur.

156 — Panneau moulure ornée de motif agrafe.

157 — Deux parcloses époque Louis XIV à trois motifs sculptés et panneau à agrafe.

158 — Volet époque Louis XVI orné de rosaces.

159 — Six parties fragments de colonnes à cannelures ornées d'asperges sculptées.

160 — Plafond d'ébrasement époque Louis XVI orné de rosaces.

161 — Partie de parclose époque de la Régence composée de motifs et rosace sculptés.

162 — Panneau d'ébrasement époque Louis XV orné de motif sculpté.

163 — Lot d'environ 55 mètres de moulures époque Louis XVI ornées de feuilles et perles richement sculptées.

164 — Lot d'environ 30 mètres de baguettes époque Louis XVI ornées de raies de cœur et perles.

165 — Lot d'environ 9 mètres de baguettes époque Louis XVI ornées de rais de cœur et perles.

166 — Montant de chambranle époque Louis XVI orné de feuilles d'eau et perles.

167 — Partie de chambranle époque Louis XVI ornée d'oves et feuilles.

168 — Deux montants époque Louis XVI moulures ornées de feuilles.

169 — Trois parties de chambranles époque Louis XVI moulures ornées de feuilles.

170 — Pilastres avec chapiteaux.

171 — Quatre grandes consoles époque Louis XVI formées de grandes volutes découpées et richement sculptées.

172 — Traverse époque Louis XIII ornée d'un vase accompagné de guirlandes de feuilles de chêne.

173 — Deux frises époque Louis XIII ornées de cannelures et feuilles sculptées.

174 — Lot de pilastres ornés de cannelures.

175 — Frise époque Louis XVI cannelures et asperges.

176 — Petit panneau époque Louis XV, traverse du haut ornée de motif à plumes.

177 — Fragment de traverse d'alcove époque Louis XV.

178 — Panneau époque Louis XIV.

179 — Frise époque Louis XVI, ornée de guirlandes de fleurs.

180 — Panneau époque Louis XIV.

181 — Parclose époque Louis XVI ornée de branches de lauriers croisées.

182 — Fragment traverse de panneau époque Louis XV.

183 — Frise époque Louis XVI ornée de rinceaux avec médaillon central.

184 — Grande traverse de baie époque Louis XV motif milieu orné de coquilles de fleurs.

185 — Deux parcloses époque Louis XVI, moulures ornées de rais de cœur, montées sur soubassements.

186 — Lot de frises époque Louis XVI à moulures ornées de raies de cœur.

187 — Deux panneaux époque Louis XIV ornés de guirlandes de fleurs.

188 — Corniche d'époque Louis XIII ornée de modillons sculptés.

189 — Lot de colonnes à cannelures.

190 — Boiserie style Régence, peinte en rose ornée de pâtes peintes en blanc et composée de panneaux, parcloses, portes, etc.

MEUBLES

191 — Meuble Renaissance à deux corps, montant à colonnettes plates cannelées surmontées de chapiteaux ioniques, le haut et le bas s'ouvrant à deux portes, à mascarons à têtes de femmes et oves, au milieu d'ornements.

192 — Vitrine plate en noyer posant sur pieds à colonnettes cannelées à arcades et chapiteaux ioniques. Style Renaissance.

193 — Canapé couvert en ancienne tapisserie de la Renaissance au point et au petit point, dossier et siège représentant des dames nobles en riches costumes dans un parc, monté sur fond de peluche rose.

194 — Bois de canapé sculpté et rechampi de blanc dessin à piécettes enfilées, entrelacs et feuillages. Époque fin Louis XVI.

195 — Socle en noyer sculpté et rehaussé d'or à armoiries accostées de deux cariatides de chérubins. Époque Renaissance.

196 — Fronton Louis XIII en bois sculpté à armoiries au milieu de volutes feuillagées.

197 — Chaise Louis XIII en bois sculpté, recouverte en tapisserie au point et au petit point à personnages et fleurs.

198 — Bureau avec cinq rangées de tiroirs sur les côtés, et tablettes rentrantes, orné de filets de cuivre argenté.

199 — Prie-Dieu en bois sculpté à dossier foncé de canne. Epoque Louis XV.

200 — Miroir avec cadre en ébène sculpté à personnages et attributs guerriers.

201 — Grande stalle gothique en chêne sculpté à ogives et rosaces, le haut à croisillons ajourés et masques.

202 — Fauteuil époque Louis XIV en bois sculpté à coquille et feuilles d'acanthe, foncé de canne.

203 — Chaise époque Louis XV en bois sculpté et foncé de canne.

204 — Chaise Henri II, recouverte de cuir gaufré.

205 — Fauteuil Louis XIII en bois sculpté.

206 — Deux chaises couvertes en point de Hongrie, cloutées de cuivre doré. Epoque Louis XIII.

207 — Chaise en bois sculpté à contours, pieds reliés par un croisillon, foncée de canne. Epoque Louis XV.

208 — Banquette en noyer sculpté. Ier Empire.

209 — Six bois de fauteuils sculptés à entrelacs perlés, pieds cannelés. Style Louis XVI.

210 — Grand bois de canapé sculpté à contours. Epoque Louis XV.

211 — Bois de bergère en acajou. Ier Empire.

212 — Fauteuil en bois sculpté. Epoque Louis XIV.

213 — Trois bois de fauteuils sculptés. Epoque Ier Empire.

214 — Bois de banquette sculpté à contours. Epoque Louis XV.

SCULPTURES

CHEMINÉES, BRONZES, FERS FORGÉS

215 — Grande cheminée en marbre griotte. Epoque Louis XVI, frise et pilastres ornés de rosaces dans des entrelacs rehaussés d'or.

Haut. : 1^m18. Larg. : 1^m85.

216 — Cheminée Louis XV en marbre rouge royal, traverse ornée de grands motifs à coquilles et pilastres galbés.

Haut. : 1^m14. Larg. : 1^m65.

217 — Cheminée en marbre rance, traverse et montants à coquilles. Epoque Louis XV.

218-219 — Deux bustes d'empereurs romains en marbre blanc, représentés en armures. Epoque XVIe siècle.

220 — Trois bas-reliefs en marbre sculpté à attributs guerriers et armoiries. Epoque Louis XIV.

221 — Deux bas-reliefs en marbre sculpté cartouches à fleurs de lys.

222 — Mortier en marbre à saillies. xvie siècle.

223 — Buste de magistrat en marbre. Epoque Renaissance.

224 — Grande grille de balcon en fer forgé et bronzes, dessin à grecques, rinceaux et rosaces. Epoque Louis XIV.

225 — Traverse d'alcove en bois très finement sculpté offrant au centre dans un médaillon Vénus et l'Amour et sur les côtés des déesses et des enfants au milieu de rocailles. Epoque Louis XV.

226-227 — Quatre appliques en chêne sculpté, à têtes de chérubins au milieu de draperies, le bas à fruits et feuillages, le haut à nœuds de rubans. Epoque Louis XIII.

228 — Miroir cadre en métal doré aux armes de Belgique.

229 — Deux serrures en cuivre, avec leurs gaches et entrées.

230 — Six rosaces et deux chutes en bronze ciselé.

231 — Perron en fer poli. Style Renaissance.

232 — Huit vitraux anciens à scènes religieuses armoiries et têtes de personnages.

233 — Trepied en fer forgé époque Renaissance.

234 — Statue en pierre représentant Sainte Catherine dans un costume richement drapé avec couronne et joyaux dans les cheveux tenant d'une main un glaive et de l'autre un Missel. Epoque Renaissance.

235 — Galerie de foyer en bronze à petites colonnettes Louis XIV.

PEINTURES DÉCORATIVES

SAUVAGE (Attribué à)

236 — *Le Départ et le retour de Diane.*

Deux dessus de portes en grisaille.

ECOLE FRANÇAISE

237 — *Fleuve et source.*

Dessus de porte.

ECOLE FLAMANDE

238 — *Nature morte.*

Dessus de porte.

ECOLE FRANÇAISE

239 — *Buste de femme.*

Grisailles.
Deux dessus de portes.

ECOLE FRANÇAISE

240 — *Vase fleuri dans un encadrement à rocailles.*

Dessus de portes.

ECOLE FRANÇAISE

241 — *Diane au repos.*

Dessus de porte ovale
Cadre bois sculpté à quadrillés époque Louis XIV.

ECOLE FRANCAISE DU XVIIᵉ SIECLE

242 — *L'Europe et l'Afrique..*

ECOLE FRANCAISE DU XVIIᵉ SIÈCLE

243 — *Portrait du Conseiller d'Argenson.*

Cadre en bois sculpté de l'époque.

ECOLE FRANÇAISE DU XVIᵉ SIÉCLE

244 — *Portrait de femme en costume noir, avec collerette de dentelle et le corsage orné d'un bijou pendentif.*

ECOLE FRANÇAISE DU XVIᵉ SIÈCLE

245 — *Pêcheurs et chasseurs dans un paysage montagneux.*

TAPISSERIES, ETOFFES

246 — Dessus de canapé en tapisserie au petit point représentant Vénus et Jupiter et une chasse au cerf. Epoque Louis XIII.

247-250 — Lot de dossiers, sièges, manchettes et bandes en tapisserie au point et au petit point.

251-259 — Lot de broderies en étoffe et soierie brodées et brochées.

260 — Lot de franges et passementerie.

261 — Objets omis.

www.ingramcontent.com/pod-product-compliance
Lightning Source LLC
LaVergne TN
LVHW012149170726
843503LV00009B/4067